遥远的飞翔

Distant flying

郑荣华 著

杭州出版社

请不要丢掉了灵魂

给《遥远的飞翔》自序

诗歌，是人性剩存不多的本真；诗歌，是人与动物区别的情感符号；诗歌，是创造性思维的基本要素。请你不要嘲笑诗歌，不要嘲笑那些天真的激情与低沉的怒吼，因为你也是诗人，只是你迷路了，被那些浮华与世俗给淹没了。只有梦里，你才会看到那一缕淡淡的炊烟，才会看到万山之下，那些奔跑的白马，苹果树下那些盛开的马兰花，还有那只躲在栀子花下皱着眉头的蛐蛐。

有时写诗出于情感的本能，有时写诗是给灵魂寻找出口，无论出于什么原因，让自己更丰富些是一种生活态度，更是对生命的尊敬。在如今的社会体系与国富论的基调下，人们似乎只有拥有财富方能彰显价值。但是，我们走着走着发现自己累了，发现自己开始怀旧了，发现夜晚的星星是如此的美丽，稻穗下的蛙鸣是何等的动听……而这一切只能说明我们跑得太快，我们丢掉了自己的灵魂，所以我们潜意识中在寻找，寻找那遥远而模糊的记忆。有人说，诗歌是上帝握着你的手写的，每一位诗人都是上帝的使者。我似乎略有同感，每天看着人来人往的都市百态，穿梭于不同城市的谈判桌或大学的讲台，我不知道如何去定位自己。

其实我是个诗人，但我讲的是经济；其实我是个教师，但我做的是企业。在理性与感性的边缘穿梭，在物质与精神之间平衡，我做到了。我不知道未来是谁主宰这个世界，更不知道未来谁会传承我的记忆，但我知道过去自己是如何的精彩，是何等的不凡。

只有真正懂得人生的人才能明白，内心的孤独源于精神与情感互动的退化，这种退化只有挺身入局，与生活的积极互动才能得以改变。因此，我不会再伪装自己了，想写诗就痛痛快快地写，写完了继续回到办公室工作，继续用函数计算我的每一次事业决策。有人问我在理性与感性之间穿梭会不会产生分裂现象，我可以明确告诉大家，理性与感性的交融不但不会导致人格的分裂，反而能带来内心的满足与情绪的平衡，而这种平衡是相互反哺作用，释放出我无限的创造力。

在《遥远的飞翔》出版之际，感慨万千，因为在 1998 年前出版《焚烧的岁月》时，我以为那是生命中唯一的诗集，是给即将开始的青春献礼。没想到 18 年后再次出版诗集，算是对即将逝去的青春献礼，有始有终。回顾自己的青春岁月，就像一面斑驳的土墙，墙上有曾经贴过奖状的糊痕，也有母亲钉过的铁钉。既有光辉的见证，也有磨砺的伤痕，这便是我的诗意人生。诗歌，是前生保留下来的一片雪，短暂而美丽，纯洁而忧伤，待到融化时便汇流为水，时而温雅柔和，时而汹涌澎湃，恰如人生长河，浩浩荡荡，奔腾不息。

目录

那个季节的那片麦田

远方屋檐下的擎首对话

等你归来

桃花

辞去的时候，桃花落下
待我牵马归来
已近黄昏
满地的花瓣在风中飞舞
我不知所措
一路狂奔，来到大海
只为见你一面
却是惊涛骇浪
只见孤帆，不见影

正是阳春三月
窗外的桃花染醉了世界
你赤脚而来，手捧山花
海风吹拂着长发
让我看到你清澈的眼睛
与羞涩的微笑
悲伤始于虚幻，心痛隐于徒劳
这不过是一场梦
醒来

已是星光漫夜
那些欢笑与梦想
现在只剩回忆渺渺

桃花开了
我在岛上等你
你若来了
桃花便年年为你
盛开
你若不来
我便在桃树上刻下名字
让思念的伤痕
渐渐成长

我们说过相依相守
你陪我策马山林
我为你挑灯望月
蔷薇编织的篱笆
石头垒砌的房子
点一堆柴火
炊烟袅袅

那些过路的天鹅
与我们为邻
不是因为几颗粮食
而是那份久违温情
他们无以为报
天天歌唱

又是一年
桃花开了，我在门口等你
你不来，我不走

阁楼

你们都说春天来了
于是，我迫不及待地
推开窗棂
以为你会如约而至
可苍茫中
只有那一缕
淡淡而似曾相识的花香
在风中徘徊

我知道你来过
悄悄地来过
只是不愿
不愿叩响这扇沉睡的木门
我知道你害怕
害怕惊醒每一次
记忆的伤痕
不想让思念
成为月光下低沉的
哀怨

春天来了
看那——
漫山遍野的春花
繁星密布的梦想
可是
他们都骑马远行了
唯独我徘徊在这
岁月的风尘
日日夜夜
凝视着
那些低矮的屋檐
默默地
默默地守候着
我们曾经的诺言

直到有一天
燕子飞回来了
寂静的天井上
那株沉默已久的桃花
开了
我看到了
这天地间的蝴蝶纷纷起舞

我看到了

阳光奢侈地晒满一地

而唯独

看不到阁楼上

你曾经

醉人的微笑

说好不流泪

昨夜梦见你走了
漫天大雪
你头也不回就走了
只有马蹄声
久久回荡在这天地之间
醒来
已是恍若隔世

知道这是一场梦
但是
如果爱可以重来
我不再是年少轻狂
我们彼此约定
我为你种下一片桃花
你会笑得比桃花更美
我为你挖一口清泉
你便会甘甜动人
我为你点上一堆篝火
你便会用心来温暖我

如果爱可以重来
无论是冲天香阵透长安
还是落魄江湖载酒行
都要笑对人生
或相忘于江湖
因为
我们说好今生不落泪

梦的召唤

那一天
在梦的召唤下来找你
群山环绕只听百灵清唱
青石瓦房的巷陌
幻想你稚嫩的微笑
像一缕淡淡的春风
翻山越岭
只为
与你久违的拂面

那一夜
在梦的召唤下来找你
披星戴月静听寒鸦低鸣
残垣落院
折一支柳笛
吹得萤光璀璨
溪水潺潺
只为
温暖你那颗孤独的心

那一年
在梦的召唤下来找你
迎风踏雪心茫茫
你已远去
徘徊在这冬季的路口
小心翼翼
留下的每一个脚印
只为
给你归来做上记号

那一刻
在梦的召唤下来找你
流光溢彩众生芸芸
寻不见你当初的模样
只能踞守在你门前
仰望斗转星移
不为今生的缠绵与嘘叹
只为
给你擦拭最后一滴眼泪

那一秒
落叶无声
春花散尽铁砂街

落花

我走了
没有什么可以悲伤或眷恋的
远去的只是一个背影
失去的却是一片苍天
不过
你一直未曾明白

每当夜里醒来
窗外，便下起了苍茫大雪
所有下雪的夜晚都格外宁静
宁静得有些忧伤
雪地上
曾经的脚印已不见踪影
曾经的欢笑只是一地
浅浅的落花

昨夜，我梦到我回来了
那缕袅袅炊烟
成了虚构的灯塔

碧波淼淼的荷塘
如今已凝结成厚厚的冰霜
你站在对岸
打着一柄红色的油纸伞
面颊红润，长发及腰
像是雪地上
一枝孤傲的梅花
默默盛开
我本该踏冰而至
却已梦醒时分

我走了，雪依然下着
梅花凋落，桃花始开
一缕斜阳待黎明
日子周而复始
我似乎已忘却了前世今生
只是
每当夜里醒来
窗外，便下起了苍茫大雪

融雪

远去的冰雪
你要流往何方
穿越凄冷而忧伤的寒风
我请来了温暖的阳光
却留不住你那颗远去的心

苍穹茫茫
望不穿亘古静谧的星空
我们曾有相约
你低头微笑
我昂首望天
然而洁白的冬雪
落泪的冰棱——
你是否我的天外来客
请告诉我
萧萧寒风中
可有我寻觅的
那颗星辰

突来的冰封
撕裂了溟濛的天空
露出那丝久违的蔚蓝
一片霞光
照亮了扭曲的黎明
白雪
与青草共舞
我已经嗅到了
嗅到了春风味道
嗅到了漫山遍野的花香
可是啊
我不知道哪一朵
是你幻化而开
我不知道哪一朵
是你从天堂寄给我的微笑

但是
我知道
你就在我身边
一直未曾离开
你是雪
你是夜

你是灿烂的山花
与温暖的春风

直到有一天
我安详地偎依在你脚下
化为尘土
默默盛开

离别

你去了
就如我匆匆地来
而今
留下我独守苍天
独守那孤寂辽阔的荒原
太阳一来
我便烟消魂散

夜风来临
流泪的红烛
滴落我的心坎
我预感到——
你已毁了我们所有的誓言

现在我没有溪边的小屋
也没有蓝天白鸽来妆点生活
春天了
可惜对我来说
恰恰是冬季的来临

等你归来

门响了
我天真地以为
是你的脚步
然而，却是午夜的风声

拧闭无眠的台灯
就像吹走满纸的烟灰
在空中微微地颤抖
瞬间寂然无声
此时才明白
那些泪水与欢笑
已是阴阳两隔

塘坞垅山坡
儿时的乐园如今成了你的长眠地
凄凄荒茔，北风萧萧
母亲
我想点燃整座森林为你取暖
点燃我的骨头为你照亮归来之路

从此我不再闩门
等你归来

2015 年 1 月 18 日于大溪沿

梦中的爱人

我的爱人
你自火中走来
带着金子般的坚韧走来
在今夜你发现我浑身的美丽
发现我蓬乱的头发中升起了血红的太阳

当你在满天大雪的日子赶来
我已醉倒在南方孤独的家门
没有人发现我
没有人发现我的酒精和火柴
我在发抖
发抖中我的脸有些变形

我的爱人
我发了疯的爱人

遥远的雪山是我生命的归宿
我独自学会了生存
带着诗歌和火柴

——当上了自己的国王
——当上了自己的奴隶
很开心，也很忧愁
后来你却拖着神秘的枷锁
疲倦地呼唤我，那声音很沙哑
而我
却藏在滴血的心底无奈地哭泣

我的爱人
雪地上我善良的王后
你带着勇敢的嫁妆爱上了我
爱上我蓬乱的头发中升起血红的太阳
今夜，所有的雪山、冰峰都为你崩溃
使我彻夜难眠

赠别

今天
我和你
要跨出这拥挤的门槛
请不要哭
不要悲伤
这一切都是最后的安排
我曾经的泪水已为你流尽
我曾经的灯火已为你熄灭
请不要说，不要说
留一份无奈献给
沉默的未来
就像把昨天的痛苦
留给明天的梦想
把今天的清醒留给寂寞的
黑夜

1998 年于北京

来生

假如还有来生
我要做一只永不坠落的风筝
飞啊，飞啊
去那遥远的天堂
寻找我挚爱的母亲

假如还有来生
我要做一颗最耀眼的星星
闪啊闪啊
照亮地狱之门
召唤我挚爱的母亲

假如还有来生
我要做一缕澎湃的春风
吹啊，吹啊
号令万物之灵
带回我挚爱的母亲

假如我还有来生

我要做一只勇敢的夜莺
日日，夜夜，
在您坟前啼鸣
唤醒我长睡的母亲

假如还有来生
我不愿，再见光明
奈河桥下
母子相依
——再也不离

2015 年 5 月 14 杭州凌晨

七月十五

北飞的鸟儿
请给我捎个口信
那远去的白鹭一直没有飞回
为了一个誓言
我长眠他乡
在道别的地方
等着路过我的坟前

露珠与花朵

花啊
你为何抛弃这纯洁的露珠
独自凋零
你说过要等到黎明的到来
只为我最后的一吻
……

我来了
匆匆地来了
没有赶上黎明的到来
却依然珍藏着你的一生
你带着多彩的梦想投向了大地的怀抱
莫说只有大地朴实博厚
谁知是一片润土还是淤泥?

你去了
就如我匆匆地来
而今
留下我独守苍天

独守那孤寂辽阔的荒原
太阳一来
便烟消魂散

其实我想说

她走了
丢下一具尸首般的石头在寒风中呜咽
每一只秋雁飞过
总留下几片羽毛
与叹息

海滩的阳光灿烂着每一个足迹
想起了我们的诗歌和蒙上灰尘的最后一本诗集
——那红纱巾犁过的一道伤痕
——那一张我至今还没有读懂的面孔

你走了
谁也不知道我的惶恐
唯一有那一道淡淡的清月
……

以后的日子我学会了沉默
沉默是最大胆的狂笑
其实我只想说
世界再也没有供给我温暖的阳光

尺度

我恰如这冬天的枯叶
依偎在你脚下
纵情燃烧
而你只是一阵风
我却是一场梦

孤独

树孤独了
便用落叶亲吻大地；
水孤独了
便用浪花拥抱大海；
夜孤独了
便用无眠召唤黎明
……
而人孤独了
便用孤独弥盖孤独。
旧的孤独去了
新的孤独又来了
日子啊
无声地消陨于岁月之长河
今天再见
明天你好
它日若阳光普照
便是春回大地

情诗二首

①

躺在荒山上
我是一堆坟墓
想着另一堆坟墓
不知何时祭奠
不知怎样哀悼

②

翻开诗集
我心如火
一次一次
烧伤自己

灯

那荒园
我看到你的长发
还有我们曾经的语言
现在亮着微微的油灯
风过隐隐熄灭

短命

这是掌上的花朵
满脸憔悴地对我笑
不想在这个饥渴的季节
把它挽留
让它归还土地吧
用我最深情的泪水为它浇灌
然而，风中它却无奈地颤抖

那夜
它谢了
用枯死的躯体
为自己竖起孤独的墓碑

爱情

我们的爱情是一枚嫩果
你轻轻咬了一口就走
而我却独自慢慢细嚼
越嚼越苦
最终
留下的只有满嘴的苦涩

在黄昏歌唱

我来的时候
九月的桂花一夜亮了清风
我藏在叶子里
羞涩地学着百灵清唱

你徘徊一片林道
像一阵风吹过
轻轻，悄悄

一个秋天夜色溟濛
你终于恋上我的歌声
是在那个夜晚，很寂静的林园
我雀跃地闯入你编织的笼子
你笑了笑
在这最后一个季节

爱在深秋

你来的时候
我正骑着马过草原
牧场上白云朵朵
你坐着叶子飘来

突然相信这个季节有人会爱上我
别人不会，除非是你
只有坐着叶子飘来的姑娘
才会爱上骑马过草原的人
我们一见钟情
在破烂的茅屋数着星星
数着下雨的日子

我们相信一切
相信一见钟情

后来
雪很大
你瑟瑟颤抖

为了你
我点燃了茅屋的稻草
烧了羊毛褂
只为你那一丝温暖

猎人

喝酒时
你走过我身旁
成了我笔下熟悉的诗行
我坐在雨中哭泣
你的身影模糊不清

天才的猎人
拥有弹药
走在欢快的森林
却举不起罪恶的猎枪
后来人们发现他饿死的尸体
孤独的骨头寸草难生

赶雪

一夜落花
纷纷扬扬
世界变得那样洁白

多少个夜晚我呼唤一片白雪
等到牵梦而归
断足的骏马却迷失了方向
梦里
赶到那个地方
雪却已融化

春天的伤口

花谢了的时候
春天便用雷声来哭泣
那缠绵的细雨比人类的泪水更为深情

不幸在这个季节沉醉，连最后的道别
也不曾准备
昏睡中，暗藏的黑夜礼物
只在寂寞的病床上痛苦呻吟

我的不幸
正是来自这黑色的礼盒与无奈的贪心
躺在寂寞的病床，痛苦地呻吟
等待一驾残破马车跑过春天的黄昏

秋天
暗藏的礼品终于成了丰收的果实
我闻了闻，不敢吞下这春天的伤口

低吟

今夜的风啊——
琴瑟箫笙
庭院的荒草轻轻低吟
泪水从此在眼里落成了一道月亮

凋落的花
满地枯残的花啊——
闭上眼睛
闭上眼睛吧——
是这花悄悄埋下
我的泪
我的月亮

月亮轻斜
空寂的庭院有着飕飕之声
最后一片花瓣终于凋落
我的尸首腐烂在一片寒鸦之中

伤痕

我不知道怎样爱你
今夜的火因我而燃
烧过麦穗，直至家园
我带着满身的火焰
流落远方

你是黑夜最纯洁的花朵
为了熄灭我满身的大火
你，祈求了暴雨
用你摧残的花瓣
覆盖我遍布的伤痕……

我不知道怎样爱你
忘记苦难的人四处可见
然而你却忘记了幸福
在我无棚的木船上
坦然地微笑
那天，巨浪颠簸

我不知道怎样爱你
当高飞的鸟儿掠过天空
我说
我会梦想翅膀
为你追求遥远的蓝天……
你，微微一笑
踢得地上的石头滚来滚去

我不知道怎样爱你
在高雅的酒席上
当人们迷恋红色的葡萄酒时
我却举着麦制的烧酒在饮酒
别人取笑
唯你鼓掌

我不知道怎样爱你
门上有锁，锈迹斑斑
是为了拒绝痛苦
而你，却从怀里摸出一串钥匙
一次一次地试着打开……
我不知道怎样爱你
不知道……

2000 年 1 月 20 日

等待

黄昏的石头啊
你开的第一朵花却在我脚下枯萎
那一场雨之后
我学会了哭泣
怕黄昏最后一只狐狸
怕秋天最后一朵落花

每当风沙掠人
我总站在那第十九座稻草堆
遥望那第十八个长亭
带走我最后一本诗集
和天鹅最后一次唱歌

孤独的孩子
莫听蝴蝶的传说
长守白云的归来——
黄昏，荒街上的尘埃旋舞
坍残的家园在何方?
夜色溟濛……

远方的白云啊——
带走我最后一叹息吧

假如今夜有月亮

My Rose garden[①]
那红色的生命
紧贴黎明的一颗星星

正是你眸里划过的一滴露珠
悄悄地像是洁亮的玉珠
落在我心上
缠绕着那长长的余音

假如今夜有月亮
我的荒园将在你的红焰中复活
假如你在我眼里点亮的光明还没有熄灭
我将在漫长的寒夜里为你歌唱
歌唱芦笛悠悠，歌唱大海滔滔

假如——

这个寒夜

The soul that seems lonely……[2]

——My red rose

①英文，译为我的玫瑰园

②英文，译为孤独的灵魂看到幻景……

哭
——给志摩

我把心提到火中爱你
在风中歌唱
在火中喝酒

路途上温暖的春天
朝我们而来
你坐在我的桌前，沉默不言
像一只挣脱铁笼的鸟儿
流浪天边
你说你害怕
就像童话中一片被流水带走的落叶
遥遥无期，永难复流

你在夜里哭着
像一只夜莺一样地哭着
像一只温暖的羊羔，可爱地
眨眨眼睛

往事

今夜除了你一无所有

此时昏暗的台灯下
除了稿纸和诗歌，一无所有

静默与孤独中
我的双手触到美丽的雪山
雪山上沉甸的麦子为我点头

可爱的牧女赤脚站在雪峰上
吹起悠扬的歌曲
所有岁月都蹲踞在你脚下
还有白色的大地和漆黑的夜空

后来
雪山为你崩塌
黑夜为你破裂
你走进我的帐篷
按响了太阳的门铃

此刻，我还能听到
你赤脚走过绵绵白雪的声音

夜歌

不想去记起那失落的歌声
我深情地呼唤你黑发下沉睡的面庞
你的口里竟杀出这撕裂的疼痛
砸碎的花瓶在夜里哭泣
一些伤心的泪滴独自黯然

你走了
请不要再改变眼神，今夜的窗口
模糊不清，每一次钻进来的风
都在你失血的嘴唇颤抖

你走了
请不要再改变你的眼神
你转身离去，正是我生活的开始
——其实，我不可能爱上你
吹灭心中的火光，一驾白色的马车
带着黑夜飘落远方
……

灵魂之路

这满地的爱情，在风里挣扎
痴情的男女，将成为尽头
没有人告诉我尾巴的美丽需要颜色
那天路过五四的街头，一路使我双眼离奇

雪地上的爪影始终不退
我们看到美丽的雪山
凹凸不平，风中飘过纯洁的女人
为了回报冬天的爱情
成了忧伤的石头

火里我恍惚遇见这个女孩
我忍受疼痛和饥饿
向她挥手
她背着父亲和流言
朝我哭泣
当火被她的泪水熄灭
我却成了红色的木头

我不回头

因为你是个冷酷无情的女人
转身离去
你脸上的唇印还没褪尽
又投向另一个无辜的怀抱
以同样的手段
骗取幽暗中金属的感情

因为你是个冷酷无情的女人
我熄灭心中的灯火
不为你哭泣

因为你是个冷酷无情的女人
你想以同样的手段骗取善良的感情
不料更毒辣的手段骗取了你的所有
深夜
你散乱的头发遮住了苍白的面孔

忘记一只狐狸

一只狐狸摇身变为女神
窜入单身男人的房门
一个孤独的猎人举枪不能追上它
破口大喊——
狐狸，狐狸

狐狸仓惶而逃
忘记了血味……

寒冷的山岗
唯有狐狸的住房鲜花开放
白色的烟袅袅升起
一个孤独的猎人举枪不发，偷偷窥视
默默轻喊——
狐狸，狐狸

狐狸摇身变为女神，站在门口轻轻招手
孤独的猎人弃枪窜入狐狸的房门……
躺在血泊里的猎人抖动灰白的嘴唇

继续轻喊——

狐狸，狐狸

给叶芝

——《当你老了》

在黑色烟火里恋爱
无疑非常需要满天白鸽点缀
这是明智的语言
这是惊人的爱情
雪上，升起无边的烈火
你在寂寞的天边浴血点火
她在喧嚣的都市落泪歌唱
为你
忘记了疲倦，忘记了孤独

当烟火熄灭
美丽的爱尔兰岛平静如初
而你只有冤屈模糊的背影

后来
有人走过红光闪烁的炉旁，想起了你
想起了你
今天，还有寂寞的诗篇

风啊

我说的风是骗子，那种
故作柔和，却残酷的狐狸
那种
来去无踪，干净利落的怪人
此刻
我成了唯一的无辜

神秘的来风
忧伤的来风
你倒在无关的路上
我是悲观天真的孩子，爱上了你
这将意味着从一个简单的角色
进入一个奇怪的角色
从此
不知你要把我吹向何方的戏台

五月的思念

五月的思念
缠绵难逃

五月的思念
痛苦的思念

我在无人关注的旮旯
孤独无眠
我害怕五月的思念
荒芜的土地
丰收不明
我害怕五月的思念
——害怕虚伪的纸窗在风里破碎
五月，劫运难逃

雨夜

这是一个寂静的夜晚
无眠的灯光
无眠的残酷
向我阵阵袭来
我闭上眼睛，只想长眠——

一些无辜的雨滴坠落大地
滴滴呻吟
赶路的人把伞一打
匆匆离去
没有人停留，没有人哭泣
只有我的心灵，滴下这悲伤的泪水

秋风

让我来告诉你
她是冬天被迫的囚徒
为了生存
而骗取冻死的鬼魂

凄凄的哀哭之中，她从未暴怒
有时像春季的阳光
有时像喜悦的歌声
这种完美的结合
让人预感资深的预谋家在进行
一场神秘的谋划

在生存的面前
她显得如此的丑陋
可她却没有想到那伪装的一生
恰恰是她末日的来临

雨街

那，不见人影的街头
飘过一些恍惚的雨水
此时，夜深了

我牵着孤独的身影
徘徊在颓废的倾圮
这不曾死去的灵魂残害了我
为了泥土上的奇迹
我忘记自然的光芒
以及餐桌上赤裸的麦穗
两手空空，与风相伴

深夜，雨下着
——滴落在我的嘴唇上
像苦涩的泪水撞击忧伤的灵魂……
——滴落在寂静的残记上
像午夜祈祷的钟声，迷失在
呜咽的五月……

从此
每在雨夜，推开门
透过白色的窗帘
我总会看外面匆匆行人的肉体与灵魂在分离
别人没有发现，我发现了
一副死沉的面孔，惨白无言

Ba Silisk[①]
给我安静
在今夜，无休的雨中
合上双眼

①Ba silisk，巴西利斯克，希腊神话中的妖魔，说是毒蛇，人被它一看就死。

习惯

当风吹起的时候
我习惯抬头看看高楼上的天空
看看狂风中的垃圾
有没有一只鸽子飞过

当天空一片苍茫
我习惯坐在石头上发呆
然后不发一言

想起你

想起你
我用雪做成的女孩
想起你
我永远不老的爱人

在黑夜里你很纯洁
没有女孩比得上你美丽
没有星星比得上你灿烂

那个冬天佯狂癫放的诗人冻死了自己
在你怕冷的这个季节
用心脏与血液点燃了太阳
可惜
忘了你是雪做的女孩

请求

当你远去
请不要回头
不要哭
也不要笑
不要给我留下
一些不可磨灭的影子
……
那些不可解释
又不能忘记的
日子啊——

看，满天飞雪
雪下埋着一个至今没有闭眼的诗人
那遥远的幕后
孩子们正高兴地欢笑

昨夜蝴蝶

一只蝴蝶在我窗下死后
从此
怕流泪的烛光
怕黄昏的落花
我告诉母亲
——再不敢打开窗门
那里有一只蝴蝶的尸首
是我遗落的灵魂

巫师

你披着乱发
骑月亮而来
请顺便给我捎张羊皮吧

冬天来了
我要为我的爱人取暖
但我不敢点燃满山野火
怕烧伤我的村庄

你摸摸我的脑袋
我变成了一颗石头

想起普列维尔[1]
——读《给你，我的爱》

这种爱是在大火焚烧家园
只剩下几块硬币
的延续

这种爱是冬天一场大雪
在你嘴角盛开的那朵玫瑰
但最终又在你的嘴角上枯萎

尽管你咬着不放
用最后的力量等待春天
饥饿却让你倒在家门
……

当你在春天最早的一缕阳光下
醒来
百花齐放
你找遍山野

找遍每个都市和所有的花店
可依然找不到曾经因饥饿而枯萎的玫瑰
此时
想必韵断香散——

①雅克·普列维尔（1900—1977），从超现实主义中脱颖而出的法国著名诗人。

秋天

我深爱的女孩
大地的孩子
双臂变成猎枪
眼睛变成月亮

既然你爱坐在村口的石桥上
点着一把火，然后披着狐皮在歌唱
那就把太阳还给我吧
我要同农民一样听到麦客的笑声
去预感秋天的来临

我深爱的女孩
抱着猎枪爱披狐皮吃羊肉的女孩
既然你很饥饿，很需要一把火
那就吃掉我吧
然后点亮我的骨头
去照亮你的黑夜

飞来飞去

当你在春天飞来的时候
我正在木桥下洗脚
你问我：美丽吗？
我木讷地点点头

当你在秋天飞来的时候
我正在南方果园里写诗
你问我：美丽吗？
我勇敢地说：你同我的诗一样美丽
你稍停片刻，又悄悄地
飞走
我目送远方
你遥远的身影

当你在冬天飞来的时候
我正在窗口眺望
你问我：美丽吗？
我勇敢地点点头
你哭泣了

而我却沉默了

后来
你再也没有离去
因为昨夜你死在我的窗口
闭上眼睛
泪水悄悄落下
不是为你哀悼
不是

你轻轻地躺在我的诗集上
同我的诗一样美丽……

一千个夜

闭上眼睛
我想起你家的炊烟
一千个夜里
我怕一场暴风
怕一场大雨
熄灭你的烟火
于是
我砍了满山的柴火
独自长守你的家门
一千个夜里

我独守你的家门
可惜你家没有了人
……

走了

你走了
那里缺着一方土地
似乎春天缺少一条河流
眼睛，我的眼睛从此失去了光明
只能在黑夜触摸你白色的影子

你走了
祈祷的钟声依然响着
自由的白鸽扑向火炉
美丽的十字架下
失去透明的眼泪
虔诚的教徒纷纷离去
你走了
只有我在空旷的教堂中谛听
长久的钟鸣
默默为你
——祈祷

假如

你说你是三毛
我是荷西
那么你为什么不来到这里
而只让我独自蹲踞在荒凉的沙漠

一个黄昏的暴风让我长眠异乡
我那唯一的爱人啊
你在何方
只有一泻清冷的月光洒在我尸骨上
隐隐哀鸣

关于我们那可怜而可笑的故事
却在很远的地方，或者在你早已落满灰尘的日记里

路过的人：
你们是否看到我坟上长满荒草
一只乌鸦正在唏嘘叹息……

残臂

去吧
我也跟着去
让五月的风拂起你飘逸的长发

你悄悄地闭上眼睛
正是闭上了我所有的光明

露水打湿了你美丽的睫毛
我趁脚上的露水未干
摘了整个草原的花朵
你依然闭着眼睛
满面忧伤
似乎我的花朵失去了永恒的春天
我砍下自己的手臂
让风吹成一只白色的小船
在茫茫的海洋里漂游
我用另一只手臂为你掌舵
划破黑夜
你还是闭着眼睛

似乎蓝天已在麦穗上撕成碎片
永远苍白，灰黯

走吧
我也跟着你去
让那五月的风拂起你飘逸的长发——
人们都羡慕你的自由
可有谁羡慕我的孤独与凄惶?

重对镜子

火车重新穿过一面镜子
我在镜子这边悄悄哭泣
你却在镜子这边嘻嘻狞笑

天空也许再次向我坍塌
我是否再一次死亡
最后一次
……

远方的黑鹰叼走我一只眼睛
仰望天空
仰望风沙苍茫的天空
我的泪水正如一场洪水
淹没了家园

坦白

昨夜梦见一只狼和一只狐狸
狼自豪地说：
我发现世上的狐狸都害怕我
狐狸眯着眼睛轻蔑地说：
因为世上的狐狸都发现狼的肉最壮最香

今夜的歌声

一颗心像火炉的赤铁
坚硬，燃烧
哪怕最高的温度都难以熔化
难以熔化一颗执着的心

那个季节麦子高过头颅
我闲游西湖
悄悄带走雷峰塔的砖石
尽管西湖的水填平了我的心坎
一方砖石却依然把我沉入湖底

今夜的歌声
没有来自天堂
纤细的柳条拂水轻舞
霓红灯的倒影腐烂了枯萎的玫瑰
我的心微微波动
湖东的纤柳轻轻飘舞
湖西的我却悄悄哭泣

精神枷锁

一把不灭的火在我骨头里燃烧
手无寸铁的母亲伤心地哭泣
无法用一场大水来熄灭一片火焰

我呆立许久
想起印第安人的鞭痕
和用自己的锄头为别人种田的巴利阿人[1]
我要熄灭自己
熄灭这场无知而可悲的大火
让冬天的孩子都知道
火，不一定是温暖的

夜晚
木栅栏被狐狸撞破
房屋着了火
谷子正在火中焚烧
放走狐狸吧
其实它只想盗走一本诗集
放了它，回家吧

不要在枷锁上焚烧自己
孩子，听懂特洛伊的故事吗？
听懂之后
一场大火悄然熄灭

①巴利阿人，指印度最地层最受压迫和鄙视的人。

雨停之后

谁忍心再去摧残潮湿的羽毛
鼻孔的呼吸不断地苏醒
不是季节改变了一切
路究竟有多长谁也记不清

雨停了
翅膀的水珠悄然离开
该飞了
潮湿的心灵却远远
隔开了这天与地的界线

一场雨后
天空到底有多蓝
没有去想
我只知道
一只断翅的白雁如何吸饮大地的乳汁

秋感

秋天的死亡无须用语言去告诉自己
守候一颗铁树开花再长出果实
现在可以告诉自己
——纵然白发苍苍也不为所动

我知道自己有两颗心灵——
一颗属于：生存、汉字、诗歌
一颗属于：家园、春天、火焰

其实那棵橡树已枯死
留有残叶在秋天迟迟未落
这场不可探寻的迷惘
终于烧死最后一个人的裙下

听雨

同样的水
我知道它可以泛滥山河
吞食麦田
我也知道可以让一块石头开花

同样的水
一个诗人的泪水
三百六十五天
或许更多的守候
可以使一轮太阳沉落河流
而唯独不能感化的是自己的一片荒漠

探梦

夜很静
一个孤独的孩子现在噩梦中惊醒
害怕天鹅最后的歌声
害怕黄昏渔夫坠河身亡

不再追随那轮残月了
其实我只想知道此时的你，是否
也在做一个梦
——梦见那只受伤的狗在
你裙下摇摆着尾巴

问

谁在午夜的梦里
谁在落满尘灰的油画中

谁在美丽的天空飞行
谁咬断了缠线

谁在空涩的粮仓
谁在灰暗的土房

世上最纯洁的百合
天上最光明的太阳
六月的飘雪
改变了世界的一切

谁身瘦如柴
谁在寒夜孤灯下仰天痛哭

谁在最后的夜晚
谁在最早的清晨
寻找曾经的光明

南方

一个棉袄结了冰
天下起了雪
我唯一的一只靴子昨夜被
老鼠咬破
盗走了麦子和火种

南方的土地
埋葬了一个夭折的男孩
坟前留有碑铭
一只破靴子和一株刚刚冻死的百合

雪下着
南方六月飘雪的天空
靴子渐渐腐烂
坟前
一只饿死的老鼠神秘地微笑

追忆
——致六一儿童节

如果时间可以重来
我还愿做你的孩子
虽然从未过一个儿童节
但一年之中
快乐不仅仅是一天

如果时间可以重来
我还愿做你的孩子
虽然煤油灯下看书熏黑了脸蛋
但有你温暖的双手
洗涤我明亮的眼睛

如果时间可以重来
我还愿做你的孩子
无论刮风下雪，电闪雷鸣
你从来都让我独自前行
一次次穿越山间那条泥泞的小路求学
虽然那时孤独、恐惧、悲伤

但正是这些无奈与历练
让我今天风雨无阻，无所畏惧

如果时间可以重来
我还愿做你的孩子
我依然选择
做饭、读书、打架
这三个陪我走完童年的关键词
今天看来是你当初的默许
因为你说：
妈妈不在家，你要保护好弟弟妹妹
你让我做一个有担当的男人
即使自己伤痕累累
也不让所爱的人受一点伤害

母亲
我知道时间不会重来了
每天夜里、梦里
我都呼唤着你
我祈求来生我还做你的孩子
即使轮回我也期待你做我的孩子
让我爱你、宠你、呵护你

风风雨雨

我们一路前行

2015年6月1日

那个季节的那片麦田